LES VENTS DE LA LIBERTÉ

LES VENTS DE LA LIBERTÉ

TOME 1

DJOKO K.

Édition : BoD · Books on Demand, 31 avenue Saint-Rémy, 57600 Forbach, bod@bod.fr
Impression : Libri Plureos GmbH, Friedensallee 273, 22763 Hamburg (Allemagne)

ISBN : 978-2-3225-5310-5
Dépôt légal : Février 2025
Prix de vente : 9,99€

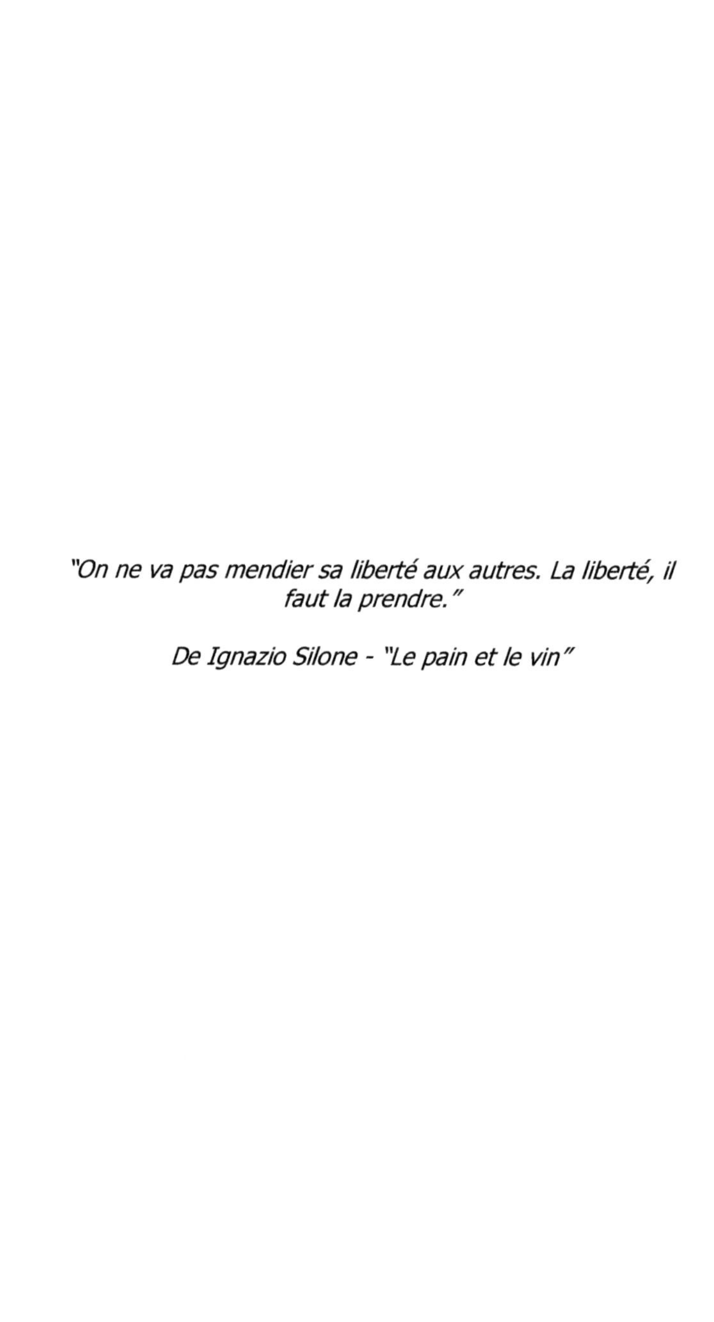

"On ne va pas mendier sa liberté aux autres. La liberté, il faut la prendre."

De Ignazio Silone - "Le pain et le vin"

CHAPITRE 1 : LE VENT DE LA LIBERTÉ

Léo vivait sur une petite île tropicale au milieu de l'océan, un lieu d'une beauté à couper le souffle, mais aussi d'une monotonie étouffante. Chaque jour suivait un rythme immuable : le lever du soleil, les tâches quotidiennes, et le coucher du soleil. Le matin, Léo se réveillait au chant des oiseaux, se nourrissait de fruits cueillis à l'aube, et passait ses heures à entretenir son modeste abri fait de branches et de feuilles. L'après-midi était souvent consacré à la pêche et à la collecte de ressources, tandis que le soir, il observait les étoiles avec un mélange d'émerveillement et de frustration. Ce cycle immuable était devenu une prison dorée pour le jeune garçon de quatorze ans.

Ce jour-là, alors qu'il était assis sur une grande roche surplombant la plage, Léo scrutait l'horizon avec une intensité presque douloureuse. Le sable sous ses pieds était tiède, et le bruit des vagues était apaisant, mais il ne trouvait aucune sérénité dans cette paix apparente. Ses pensées tournaient en boucle autour de la même question : que se cachait au-delà de cet horizon infini ? Son regard, fixé sur l'immensité bleue, trahissait un profond désir d'évasion. Le vent marin jouait avec ses cheveux, apportant avec lui des senteurs de sel et d'aventure, et réveillant en lui une impatience croissante.

Un vieux pêcheur, connu pour sa sagesse et ses histoires fascinantes, passait à proximité, tirant son petit bateau de pêche vers la plage. Il entendit les murmures de Léo et s'arrêta, intrigué par la mélancolie dans la voix du garçon.

Le pêcheur, avec une voix rauque mais bienveillante, interpella Léo :

"Tu parles tout seul, gamin ?"

Léo, surpris par la présence du pêcheur, tourna la tête et vit un homme à la barbe poivre et sel, les yeux plissés par les années de soleil et de mer. Il hésita avant de répondre, une lueur de curiosité dans ses yeux.

"Euh, je... je me demandais juste... Vous avez déjà pensé à quitter l'île, vous ?"

Le pêcheur, s'asseyant sur une caisse de poissons avec un sourire amusé, observa Léo avec une lueur d'intelligence dans les yeux.

"Tous les jours, petit. Mais partir, c'est pas aussi simple que de rêver. Il te faut un navire, un équipage, et surtout du courage. Et ça, c'est pas donné à tout le monde."

Léo, les yeux brillants de détermination, se redressa, sa frustration se transformant en une lueur d'espoir.

"Alors je trouverai tout ça. Je ne veux plus rêver, je veux agir."

Le pêcheur, en hochant la tête avec une expression de respect, ajouta :

"Bon courage, gamin. Mais souviens-toi, la route sera longue et semée d'embûches. Ce n'est pas le vent mais le capitaine qui dirige le navire."

Léo observa le pêcheur retourner à son travail, ses paroles résonnant dans son esprit comme une promesse. Le vent qui soufflait à travers les palmiers semblait porter les mots du pêcheur, et Léo se sentit étrangement réconforté, comme si un lien invisible s'était tissé entre eux. Le pêcheur était une incarnation vivante des rêves et des réalités que Léo voulait explorer, et cette rencontre fortuite avait donné une nouvelle vigueur à ses aspirations.

Déterminé à changer sa vie, Léo se leva de sa roche, ses pensées maintenant claires et ses objectifs fixés. En rentrant chez lui, chaque détail de son environnement semblait désormais empreint de nouvelles significations. Les palmiers ondulants et les vagues déferlantes étaient devenus des symboles de son rêve grandissant. Il entra dans sa petite maison avec une résolution nouvelle, murmurant à lui-même :

"Je vais quitter cette île. Je vais trouver un moyen, peu importe ce qu'il me faudra."

La nuit tombée, Léo se coucha avec une sensation de hâte et d'anticipation. Ses rêves étaient plus clairs que jamais, et il savait que ce n'était que le début d'une grande aventure.

CHAPITRE 2 : LA RENCONTRE INATTENDUE

Léo errait dans la forêt dense bordant son village, les rayons du soleil filtrant à travers le feuillage épais et créant des motifs d'ombre dansants sur le sol. La nuit précédente avait été longue et fatigante, et il avait décidé de chercher de quoi se nourrir dans les environs. Ses pensées tournaient en boucle autour de son rêve d'évasion et de la promesse qu'il s'était faite sur la plage. Le besoin de trouver un moyen de quitter l'île devenait de plus en plus pressant.

En avançant prudemment entre les arbres, Léo aperçut un vieux dojo abandonné, dissimulé par une végétation luxuriante. Les murs de pierre étaient couverts de mousse et de lianes, et les fenêtres brisées laissaient entrevoir un intérieur envahi par des racines et des plantes grimpantes. Ce lieu, souvent mentionné dans des histoires effrayantes parmi les villageois, était réputé pour ses mystères et ses dangers. Mais la curiosité de Léo était plus forte que sa peur.

Il s'approcha lentement du bâtiment en ruine, observant les débris éparpillés autour de lui. La lueur du soleil déclinant projetait des ombres inquiétantes sur les murs, accentuant l'aspect sinistre du lieu. Les portes défoncées laissaient entrer une lumière tamisée, révélant des objets couverts de poussière et des toiles d'araignées. Tandis que Léo explorait, ses pensées se tournaient vers ce qu'il pourrait découvrir. Un coup de vent fit craquer les planches du sol, et Léo sursauta.

Soudain, il entendit des pas légers et agiles, comme un murmure furtif entre les débris. Il s'immobilisa, scrutant l'obscurité croissante. Une silhouette vive et rapide bondissait à travers les ruines, se déplaçant avec une agilité surprenante. C'était un chien errant, son pelage ébouriffé et ses yeux vifs trahissant une intelligence aiguë et une détermination farouche.

Le chien s'arrêta brusquement et fixa Léo de ses yeux perçants. Ses muscles se tendirent, et il grogna doucement, dévoilant ses crocs. Le cœur de Léo battait plus fort, mais il resta immobile, essayant de calmer sa respiration.

"Hé, tout doux... Je ne te veux aucun mal," murmura Léo, tendant doucement la main vers l'animal. Il savait que tout geste brusque pourrait effrayer le chien et compliquer les choses.

Le chien continua de grogner, mais son regard se fit moins menaçant. Léo s'accroupit lentement, afin de se mettre à hauteur du chien et de montrer qu'il ne représentait pas une menace. "Je comprends que tu te défendes. Moi aussi, je me bats pour survivre. Peut-être que nous pouvons nous entraider."

Le chien observa Léo attentivement, reniflant l'air avec curiosité. Ses yeux, d'abord méfiants, commencèrent à refléter une lueur d'intérêt. Finalement, il abaissa légèrement ses crocs et s'approcha prudemment de la main tendue de Léo. Un sourire se dessina sur le visage de Léo alors qu'il sentait un lien se former entre eux. La première ébauche d'une alliance était née dans cet instant de compréhension mutuelle.

"Voilà… Je crois qu'on va bien s'entendre, toi et moi," dit Léo, en caressant doucement le chien. Celui-ci remua la queue et se frotta contre la main de Léo, signe d'une acceptation timide mais sincère.

Avec le chien désormais à ses côtés, Léo se sentait un peu plus confiant. Ensemble, ils continuèrent à explorer les ruines du dojo. Léo examina les débris, cherchant des matériaux utilisables pour son projet. Il trouva des planches de bois partiellement intactes, des cordages usés mais réparables, et des morceaux de métal rouillés qui pourraient être utiles.

Le chien, toujours alerte, reniflait les coins sombres et apportait parfois de petits objets que Léo ramassait avec gratitude. Pendant qu'ils s'attelaient à récupérer les matériaux, Léo commença à imaginer la construction de sa barque. Il visualisait les plans dans son esprit, réfléchissant à la manière de transformer ces ressources limitées en un moyen de quitter l'île.

Cependant, le processus de construction ne fut pas sans obstacles. Léo dut faire face à des difficultés inattendues : les matériaux se révélaient souvent endommagés ou insuffisants, et les conditions météorologiques sur l'île rendaient les tâches plus ardues. Parfois, les pièces ne s'ajustaient pas comme prévu, ou des problèmes imprévus surgissaient. Malgré ces défis, Léo persévérait, animé par sa détermination à réaliser son rêve.

La nuit approchait, et alors que les premiers signes de fatigue se faisaient sentir, Léo se sentait étrangement réconforté par la présence du chien. Pour la première fois depuis longtemps, il ne se sentait pas seul dans ses rêves d'évasion. Le dojo, bien que sinistre et envahi par la végétation, devenait un lieu de possibilités et d'espoir. Le compagnon à quatre pattes et

les matériaux trouvés étaient les premiers signes d'une
aventure qui prenait forme.

CHAPITRE 3 : LA FUGUE

Léo et son fidèle compagnon à quatre pattes avaient trouvé une routine sur l'île. Chaque matin, ils exploraient la forêt à la recherche de nourriture et de matériaux utiles, et chaque après-midi, ils retournaient à leur cachette secrète, un vieux dojo en ruines qui leur servait de refuge. Leur tranquillité fut brisée le jour où un chasseur, au regard sévère et déterminé, débarqua sur l'île avec une mission : éliminer les nuisances qu'il attribuait aux animaux errants, dont le chien de Léo était une cible prioritaire.

Ce matin-là, alors que Léo et le chien cherchaient des fruits dans les sous-bois, le bruit de branches craquant sous des pas lourds les alerta. Léo leva les yeux et vit le chasseur, armé d'une longue lance et portant un chapeau à large bord, avancer lentement à travers la forêt, scrutant chaque recoin avec attention. Il savait que la situation était critique.

"Sale bête ! Tu ne m'échapperas pas cette fois !" lança le chasseur, apercevant le chien qui se tenait à l'écart, la tête haute et les yeux fixés sur l'homme avec méfiance.

Léo, réalisant le danger imminent, se plaça immédiatement entre le chien et le chasseur. Sa voix était ferme mais remplie d'une détermination tremblante : "Vous ne le toucherez pas !"

Le chasseur, un sourire méprisant sur le visage, répliqua : "Et qu'est-ce que tu vas faire ? M'arrêter avec des tours de passe-passe ?"

Léo, tentant de garder son calme malgré l'adrénaline qui montait, murmura : "Pas des tours, juste de l'ingéniosité."

Avec une rapidité instinctive, Léo concocta un plan rapide pour détourner le chasseur. Il se souvint d'un piège qu'il avait découvert lors de ses explorations précédentes : un ravin couvert par une végétation dense. Se faufilant entre les arbres, il lança quelques pierres pour créer des bruits qui attireraient l'attention du chasseur. Ce dernier, attiré par les sons, se dirigea vers les fausses pistes que Léo avait mises en place.

"Je te trouverai, gamin ! Tu ne peux pas me tromper éternellement !" cria le chasseur, visiblement agacé mais déterminé.

Léo, tout en dirigeant le chasseur vers les pièges, murmura : "On verra bien si tu es aussi intelligent que tu le crois."

La traque devint un jeu du chat et de la souris à travers la forêt dense. Léo utilisa toutes ses connaissances du terrain pour semer son poursuivant. Il fit tomber des pierres sur le chemin, créant des obstacles et ralentissant le chasseur. Mais ce dernier, agile et résolu, parvint à franchir certains pièges, bien que ralentis par ceux-ci.

En désespoir de cause, Léo guida le chasseur vers le ravin dissimulé par la végétation. Alors que le chasseur s'approchait dangereusement de lui, Léo saisit une corde cachée dans un buisson. Il l'attacha à une branche basse d'un arbre, puis tira fortement pour faire tomber un tronc d'arbre, qui bloqua le chemin du chasseur.

"Tu vas le payer pour ça, gamin !" hurla le chasseur, furieux, en tentant de déloger le tronc avec toute sa force.

Léo profita de la diversion pour guider le chien vers un petit bateau de fortune qu'ils avaient caché près de la plage. Avec des gestes rapides et précis, ils se hâtèrent d'embarquer. Le chasseur, voyant que son piège avait échoué, accéléra ses efforts pour enlever le tronc, mais en vain. Léo et le chien avaient déjà pris le large.

Le bateau glissait sur les vagues, s'éloignant rapidement de la plage. Alors que le chasseur réussissait enfin à dégager le tronc et se précipitait vers la plage, il découvrit que Léo et le chien étaient déjà loin.

Léo, haletant, se tourna vers son compagnon fidèle et dit : "On l'a eu ! Mais il pourrait revenir. On doit partir maintenant."

Le chien, les yeux brillants de reconnaissance et de loyauté, remua la queue en signe d'accord. Léo sentait que cette évasion n'était que le début de nombreux défis à venir, mais pour l'instant, la liberté qu'ils avaient gagnée était une victoire précieuse. Ils étaient maintenant en mer, prêts à affronter les dangers inconnus qui les attendaient au-delà de l'horizon.

CHAPITRE 4 : UN HAVRE DE LIBERTÉ

Léo et son chien trouvèrent refuge dans un village voisin plus prospère, un lieu vibrant avec des marchés colorés et des rues animées. Cependant, derrière cette façade de prospérité se cachaient des réalités plus dures : la vie était une lutte pour de nombreux habitants, et la misère était omniprésente, malgré le tumulte apparente.

Un après-midi, alors que Léo explorait une ruelle sombre et étroite, il aperçut un jeune garçon, Milo, en train de dérober une miche de pain. Milo, avec son air malicieux, essayait de cacher le pain derrière son dos, ses yeux alertes scrutant les environs pour éviter d'être vu.

"Hé, toi là-bas !" s'exclama Léo en voyant Milo.

Milo, l'air paniqué et les joues rougies par la honte, répondit rapidement en serrant la miche de pain contre lui : "Je ne t'ai rien volé, alors fiche-moi la paix."

Léo, avec un sourire compréhensif, s'approcha sans faire de gestes brusques : "Je ne te juge pas. Tu fais ce que tu dois faire pour survivre, c'est tout."

Milo, surpris par la réponse calme de Léo, le regarda avec méfiance : "Et toi, tu es qui pour me dire ça ?"

Léo, se présentant avec une douceur qui reflétait sa propre histoire : "Je suis Léo. Je cherche des gens comme toi. Des gens prêts à tout pour changer leur destin."

À ce moment, une petite fille émergea timidement derrière Milo. C'était Emma, la sœur cadette de Milo, dont les yeux étaient pleins de curiosité mêlée à une méfiance prudente. Emma était la cuisinière du duo, une petite chef qui, malgré son jeune âge, parvenait toujours à ajouter une touche de saveur à leur vie avec ses plats faits maison.

Emma, d'une voix douce mais ferme, avec une lueur de défi dans les yeux : "Pourquoi tu t'intéresses à nous ?"

Léo, se mettant à genoux pour être à la hauteur d'Emma, avec une sincérité palpable : "Parce que je sais ce que c'est de rêver de quelque chose de plus grand. Et si vous m'aidez, je vous emmènerai là où les rêves deviennent réalité."

Les paroles de Léo touchèrent profondément Milo et Emma. Milo, avec une vie marquée par la perte de leurs parents et les difficultés pour survivre, était ému par la promesse d'une échappatoire. Emma, bien que jeune, avait vu ses aspirations brisées par la dureté de leur quotidien. Ses talents culinaires étaient souvent sa seule source de réconfort, apportant une douceur précieuse à leur vie difficile.

Milo, hésitant mais visiblement ému, hocha la tête avec détermination : "Nous avons toujours rêvé d'un avenir meilleur, mais nous n'avions jamais cru qu'une telle opportunité pourrait se présenter. Peut-être que… peut-être que c'est le moment de tenter quelque chose de nouveau."

Emma, les yeux s'adoucissant et une lueur d'espoir dans le regard : "Si tu peux vraiment nous offrir un avenir différent… alors je suis prête à essayer."

Léo, les regardant avec une détermination tranquille : "Nous avons une chance de construire quelque chose de nouveau ensemble. Je veux construire une barque pour quitter ce village et découvrir ce qu'il y a au-delà. Avec votre aide, nous pouvons y arriver."

Touchés par la sincérité de Léo et convaincus par sa vision, Milo et Emma acceptèrent sa proposition. Ils commencèrent à travailler ensemble pour construire la barque, mettant leurs compétences et leur énergie en commun. Milo, l'aîné pragmatique, mettait à profit ses compétences en récupération de matériaux et en réparation pour renforcer la barque, tandis qu'Emma apportait une touche d'organisation et de créativité, planifiant les étapes et préparant les repas pour maintenir l'énergie du groupe.

Léo, voyant le progrès du travail et la complicité grandissante entre eux, ressentit une profonde satisfaction. Il savait que le chemin serait long et difficile, mais il avait maintenant des compagnons de route qui comprenaient la valeur de chaque petit progrès. Ensemble, ils forgèrent non seulement la barque mais aussi des liens précieux, cimentant leur espoir d'un avenir meilleur.

Leurs vies antérieures, marquées par la perte et la lutte, étaient désormais derrière eux. Le présent se construisait sur les fondations de leur détermination commune, et le futur se dessinait à l'horizon, rempli de promesses et d'espoir.

CHAPITRE 5 : LE GRAND DÉPART

Après des semaines de travail acharné, la barque était enfin prête. Chaque pièce, chaque clou, avait été soigneusement placé par Léo et ses compagnons, transformant le bois brut en une petite embarcation robuste, mais symbolique. Cette barque, bien que modeste, représentait bien plus qu'un simple moyen de transport : elle était leur ticket pour la liberté et un avenir meilleur.

La nuit précédant leur départ, Léo et ses compagnons se retrouvèrent pour un dernier repas dans leur abri improvisé, un ancien entrepôt rénové en cachette confortable. La lumière vacillante du feu de camp projetait des ombres dansantes sur les murs, ajoutant une touche de chaleur à l'atmosphère empreinte de mélancolie et d'excitation.

Milo, en observant la barque depuis l'entrée de leur refuge, posa des questions avec un mélange de scepticisme et de fierté : "Elle est petite, mais elle tiendra le coup, tu crois ?"

Léo, regardant la barque avec un sourire empreint de satisfaction, répondit avec assurance : "Elle n'est pas parfaite, mais elle nous mènera là où nous devons aller. C'est tout ce qui compte."

Emma, qui préparait le repas avec soin sur un feu de camp, ajouta avec une touche de gaieté : "Je vais préparer un dernier repas avant de partir ! Quelque chose de spécial pour fêter ça !" Ses gestes étaient empreints de douceur, et elle ajoutait des herbes et des épices qu'elle avait soigneusement conservées, transformant les ingrédients simples en un plat réconfortant.

Le chien, fidèle compagnon, aboya joyeusement en tournant autour d'Emma, comme pour approuver l'idée du repas. Milo, amusé par la réaction enthousiaste de l'animal, se détendit un peu et dit en riant légèrement : "Même lui est d'accord. On va enfin partir, Léo. Merci de nous avoir inclus dans ton rêve."

Léo, regardant l'horizon à travers une petite fenêtre, la lumière du crépuscule caressant son visage, murmura avec une lueur d'espoir dans les yeux : "Ce n'est plus juste mon rêve, Milo. C'est le nôtre maintenant."

La soirée se déroula paisiblement, les étoiles scintillant au-dessus d'eux comme des témoins silencieux de leur détermination. Emma servit le repas avec une fierté tranquille, le mélange modeste mais savoureux apportant un sentiment de réconfort avant le grand départ.

Emma, posant les plats sur une table improvisée faite de caisses et de planches : "On devrait profiter de ce moment. Demain, tout change."

Léo, regardant ses amis avec gratitude et une émotion contenue : "Je n'aurais pas pu le faire sans vous. Ce voyage ne serait pas possible sans votre courage et votre soutien."

Le repas fut partagé en silence pendant un moment, chaque membre du groupe absorbé dans ses pensées. La décision de quitter le village, un lieu chargé de souvenirs et de difficultés, et de naviguer vers l'inconnu, était à la fois excitante et intimidante.

Léo, brisant le silence avec une voix empreinte de détermination : "Quelle que soit la route que nous emprunterons, souvenez-vous que chaque vague, chaque vent, nous rapproche de notre nouvelle vie."

Le chien, comme s'il comprenait l'importance des mots, se coucha près de Léo, les yeux fermés avec une expression de sérénité et de préparation. Ses oreilles se redressaient à chaque bruit, signe de son attente impatiente.

Emma, levant son verre improvisé fait d'un gobelet en métal : "À notre voyage, et à tout ce que l'avenir nous réserve."

Milo, levant également son verre avec une étincelle d'espoir dans ses yeux : "À l'aventure et à l'espoir."

Léo, en levant son verre pour se joindre au toast, exprima une sincérité profonde : "À notre liberté."

La nuit passa rapidement, et au matin, le groupe se rassembla pour préparer le départ. Le matin se leva avec une lumière dorée, révélant une barque chargée de provisions et de rêves prêts à prendre le large. Léo, Milo, Emma, et le chien montèrent à bord, chacun prêt à affronter l'inconnu avec détermination et espoir.

Alors que la barque quittait la rive, Léo se tourna vers le village qui s'éloignait, un mélange de gratitude et de nostalgie dans le regard, murmurant pour lui-même : "Adieu, et merci pour tout."

Ils glissèrent sur les vagues, le cœur léger malgré l'incertitude, les yeux fixés sur l'horizon. Le début de leur voyage était marqué par une promesse silencieuse de nouveaux commencements. La grande aventure de Léo et de son équipage venait de commencer, et chaque vague semblait les rapprocher un peu plus de leur liberté et de leur rêve d'une vie meilleure.

CHAPITRE 6 : LE PREMIER OBSTACLE

En mer, la barque de Léo se révélait de plus en plus vulnérable face aux rigueurs de l'océan. Les jours passaient, et la chaleur du soleil brûlant combinée à la salinité de l'air rendait leur situation de plus en plus difficile. Les provisions s'amenuisaient, et l'eau douce, devenue rare, était conservée avec une précaution extrême. Le moral était au plus bas, mais chaque membre du groupe gardait l'espoir d'une destination meilleure.

Lors d'une nuit sans lune, alors que l'obscurité enveloppait la mer comme un voile opaque, un grand navire pirate surgit à l'horizon. Ses voiles noires se détachaient sinistrement contre le ciel étoilé, et des ombres menaçantes dansaient sur la surface des vagues. Le bruit des vagues contre la coque de la barque était bientôt couvert par le grondement des moteurs du navire pirate.

Le chien, alité près de la barque, détecta la présence du navire avant tout le monde. Son instinct le rendait nerveux. Il se leva brusquement, les oreilles dressées, et commença à grogner doucement, un avertissement précieux. Le son guttural et bas fit vibrer l'air et fit écarquiller les yeux de Léo.

Milo, tremblant de peur, secoua Léo par l'épaule, ses doigts serrés comme des pièges : "Léo, on est fichus ! On ne peut pas lutter contre eux !" Sa voix trahissait l'angoisse, et ses yeux brillaient de terreur sous les étoiles.

Léo, les yeux rivés sur le navire pirate, tentait de garder son calme malgré l'adrénaline qui montait en lui. Il respira profondément, son cœur battant à tout rompre dans sa poitrine : "Calme-toi, Milo. Si on panique, on est vraiment fichus. On doit réfléchir à un plan."

Emma, se rapprochant de Léo avec une expression marquée par la terreur, ses mains crispées sur le bord de la barque, murmura d'une voix tremblante : "Que va-t-on faire, Léo ? Ils sont bien plus nombreux et mieux équipés que nous." Ses yeux brillaient de larmes contenues, et elle semblait sur le point de s'effondrer sous la pression.

Le chien, perçant dans l'obscurité, s'approcha de Léo avec une expression de détermination. Il se frotta contre les jambes de Léo, apportant un réconfort silencieux mais profond. Ses muscles étaient tendus, et ses yeux étaient fixés avec intensité sur le navire, comme s'il comprenait l'urgence de la situation.

Léo, prenant une profonde respiration, posa une main réconfortante sur le chien, et chercha à calmer ses amis : " On va les tromper. Ils pensent qu'on est faibles et sans défense, utilisons ça à notre avantage. "

Milo, le visage encore empreint d'angoisse mais intrigué par le calme résolu de Léo : " Qu'est-ce que tu as en tête ? "

Léo, formulant son plan tout en scrutant le navire pirate qui se rapprochait, expliqua avec une lueur déterminée dans les yeux : " On va leur laisser croire qu'ils ont gagné. Nous allons faire semblant d'abandonner la barque et de nous cacher. Fais ce que je te dis, et tout ira bien. " Il était évident que Léo se forçait à maintenir une apparence de calme pour rassurer ses compagnons.

Le chien, sentant l'urgence du moment, plongea discrètement dans l'eau, se plaçant silencieusement à côté de ses maîtres pour les protéger. Son pelage trempé se fondait dans l'obscurité de la mer, tandis qu'il guidait Léo et ses amis avec une prudence extrême pour éviter tout bruit.

Les pirates, voyant la barque vide et les provisions éparpillées, furent dupés par la mise en scène. Ils montèrent à bord de la barque avec des rires cruels, leurs voix rauques résonnant dans la nuit comme des échos inquiétants. Le cliquetis de leurs sabres et le bruit de leurs bottes sur le bois rendaient la situation encore plus angoissante. Ils pillèrent les quelques objets laissés derrière avec avidité, leurs gestes brutaux manifestant leur enthousiasme.

Léo et ses amis, à bout de souffle et tremblant de la tête aux pieds, se forçaient à rester silencieux malgré le stress et la tension. Le chien, immobile sous l'eau, surveillait les pirates avec une vigilance constante, prêt à défendre ses compagnons si nécessaire. Son souffle régulier était le seul son qu'ils pouvaient entendre, s'ajoutant au murmure des vagues.

Quand les pirates repartirent enfin, satisfaits de leur butin, Léo et ses compagnons émergèrent lentement de l'eau, trempés mais soulagés. Le contraste entre l'obscurité glaciale de la mer et la chaleur rassurante du bois de la barque était frappant. Le chien, sa fourrure dégoulinante, les suivit de près, ses yeux brillants d'une intelligence compréhensive.

Emma, encore sous le choc, murmura avec une voix tremblante : "Je ne pensais pas que nous pourrions nous en sortir." Ses lèvres tremblaient, et elle semblait à peine capable de croire qu'ils avaient survécu.

Milo, reprenant son souffle, exprima sa gratitude avec un sourire fatigué mais sincère : "Merci pour ce plan, Léo. On aurait été perdus sans toi." Ses épaules se détendaient lentement, et il avait l'air de retrouver un peu de sa bravoure.

Léo, regardant l'horizon avec une détermination renouvelée, répondit : "On a survécu à ce premier obstacle, mais ce n'est que le début. Il y aura d'autres défis, mais tant qu'on reste unis et qu'on garde notre calme, nous surmonterons tout." Ses yeux brillaient d'une détermination tranquille, et il semblait plus fort que jamais.

Le chien, se frottant contre Léo, semblait partager ce sentiment de soulagement et de détermination. Ils regagnèrent leur barque, chaque mouvement soulignant l'unité renforcée par leur expérience partagée. Chaque membre de l'équipage se sentait plus proche, unis par leur victoire contre les pirates et par la certitude que leur aventure était loin d'être terminée.

CHAPITRE 7 : UN ÉQUIPAGE À FORMER

Arrivés sur une île plus grande, Léo et ses compagnons se mirent en quête d'alliés pour leur aventure. La grande île, grouillante d'activités et de vie, offrit à Léo l'occasion de rencontrer des individus aux talents variés. Leur recherche les mena à un chantier où un jeune charpentier, Alex, travaillait sur une embarcation en bois. Le bruit des outils résonnait dans l'air, se mêlant au doux murmure des vagues, et l'odeur de bois fraîchement coupé flottait dans l'air.

Léo, observant Alex concentré sur son travail, s'approcha avec une détermination visible dans ses yeux. La sueur perlant sur le front du charpentier témoignait de son investissement total dans son art.

"Salut ! J'ai entendu dire que tu es un excellent charpentier. Nous avons besoin de quelqu'un comme toi pour améliorer notre barque," lança Léo, son ton à la fois respectueux et plein d'espoir.

Alex, levant les yeux de l'embarcation avec un sourire confiant, épousseta ses mains couvertes de sciure. Ses yeux, d'un bleu clair, révélèrent une curiosité naturelle. "Eh bien, ça tombe bien ! J'adore les défis. Je suppose que vous avez une idée de ce que vous voulez ?"

Léo, les yeux illuminés par l'excitation de leur projet, expliqua avec passion : "Nous voulons rendre notre barque plus robuste pour affronter les tempêtes. Et peut-être même construire un vrai navire un jour."

Alex, pensif, posa son outil et regarda la barque en construction avec une certaine admiration. "Je suis partant. Mais avant tout, il nous faut rassembler des matériaux et quelques compagnons supplémentaires pour nous aider."

Léo, hochant la tête avec détermination, répondit : "Nous sommes prêts à nous lancer dans cette tâche. Pour toi, nous trouverons tout ce dont nous avons besoin."

Alex avait grandi dans une petite ville côtière, où son père était également charpentier. Depuis jeune, il avait appris l'art de travailler le bois aux côtés de son père. Mais après la mort tragique de ses parents dans une tempête en mer, Alex s'était retrouvé seul et avait quitté sa ville natale. Sur l'île, il cherchait une opportunité pour redonner sens à son travail et transformer son chagrin en quelque chose de constructif.

Avec l'accord d'Alex, Léo et ses compagnons se mirent à la tâche, cherchant d'autres personnes intéressées par l'aventure. Ils explorèrent le village animé, discutant avec des habitants aux histoires captivantes et aux compétences diverses. Leur quête les mena à plusieurs individus qui partageaient leur passion pour l'aventure et l'exploration.

Carl, un navigateur expérimenté, travaillait à la réparation de ses instruments de navigation dans une échoppe. Son regard, empreint de concentration, montrait la rigueur avec laquelle il abordait chaque tâche. Lorsque Léo l'aborda, Carl était absorbé dans la réparation d'un sextant, ses mains expertes manipulant les pièces avec précision. Carl avait perdu un frère en mer et, depuis, il était devenu un expert dans la réparation des instruments de navigation, un moyen de prévenir de futures tragédies et de garantir la sécurité en mer.

Carl, observant l'enthousiasme de Léo, demanda avec curiosité : "Quels sont vos objectifs pour ce voyage ?"

Léo, son regard se perdant sur l'horizon, répondit avec conviction : "Nous voulons explorer des terres inconnues, découvrir de nouveaux horizons et réaliser des rêves que nous pensions impossibles."

Carl, avec un sourire, ajouta : "C'est un grand rêve, mais je suis prêt à vous aider à le réaliser. Les instruments de navigation sont cruciaux, et je serai là pour m'assurer que tout fonctionne parfaitement."

Elena, une médecin dont la présence apaisante était bien connue, était motivée par un profond désir d'aider les autres. Elle avait grandi dans un foyer où ses parents étaient des guérisseurs communautaires. Quand une épidémie dévastatrice avait frappé son village natal, elle avait perdu sa famille, mais pas sa volonté d'apporter du soulagement. Depuis, elle avait voyagé pour offrir des soins là où ils étaient le plus nécessaires. La trousse médicale qu'elle apportait était remplie de remèdes et de fournitures qu'elle avait accumulés au fil des années.

Elena, avec un sourire réconfortant, ajouta : "Il semble que nous avons une grande aventure devant nous. Je suis heureuse de faire partie de ce voyage."

Léo, rassemblant l'équipage nouvellement formé sur une place du village, leur expliqua avec une énergie contagieuse : "Chacun de vous apporte quelque chose d'unique à notre aventure. Ensemble, nous allons transformer notre barque en un véritable navire et naviguer vers l'inconnu."

Alex, déjà plongé dans la conception de la nouvelle embarcation, parla avec détermination : "Si nous travaillons ensemble, nous allons construire un navire qui résistera à toutes les épreuves."

Carl, vérifiant les plans de navigation et les instruments, ajouta avec enthousiasme : "Je vais m'assurer que chaque instrument est prêt pour le voyage. Nous ne laisserons rien au hasard."

Elena, examinant les membres de l'équipage avec un regard bienveillant, assura : "Je vais m'assurer que chacun soit en bonne santé et prêt pour les défis à venir. La santé est primordiale pour une aventure réussie."

Les jours suivants furent marqués par une activité intense. Les membres de l'équipage apportèrent chacun leur savoir-faire : Alex travaillait sur les détails de la construction avec une minutie impressionnante, Carl partageait ses connaissances en navigation pour que le navire soit le mieux préparé possible, et Elena s'assurait que chacun soit en bonne santé et prêt pour les défis à venir.

Le chantier prenait vie sous les mains habiles de ces nouveaux alliés. Chaque coup de marteau, chaque pièce de bois fixée étaient des pas de plus vers la réalisation de leur rêve. Les liens entre les membres de l'équipage se renforçaient avec chaque jour passé ensemble. Léo, voyant le progrès de leur travail collectif, savait que leur voyage ne serait pas seulement une aventure physique, mais un véritable test de leur unité et de leur détermination.

CHAPITRE 8 : LE NOUVEAU DÉPART

Avec un nouvel équipage solide et une barque améliorée, Léo et ses compagnons se préparaient à quitter l'île pour de nouvelles aventures. L'air était chargé d'une excitation palpable, mélangée à une touche d'appréhension. Le soleil, se couchant à l'horizon, baignait l'île dans une lumière dorée, contrastant avec les ombres grandissantes des montagnes environnantes.

Ils se rassemblèrent pour un discours d'encouragement avant de mettre les voiles. Léo, les yeux brillants de détermination, prit la parole, son visage marqué par les mois de défis et de résilience.

"Nous avons tous laissé quelque chose derrière nous. Des maisons, des familles, des vies entières. Mais ce que nous avons gagné, c'est un but commun, un rêve à réaliser ensemble."

Son discours, imprégné de sincérité, toucha profondément chaque membre de l'équipage. Milo, ses yeux mi-clos sous la lumière dorée du crépuscule, souriait avec une lueur d'espoir dans les yeux. La brise fraîche de la mer soufflait sur son visage, apportant un sentiment de renouveau.

"Et cette fois, on ne sera pas seuls. On a une vraie chance, grâce à toi, Léo," dit-il, sa voix tremblant légèrement d'émotion.

Emma, se rapprochant de Milo, l'enlaça avant de lever les yeux vers le ciel. Le sentiment de solidarité qui émanait d'elle était palpable. Ses mains tremblaient légèrement, non de peur, mais d'excitation et de détermination.

"Et peu importe ce qui nous attend, on s'en sortira. Parce qu'on est ensemble."

Le chien, fidèle compagnon, aboya en signe d'accord, ses yeux reflétant une intelligence et une loyauté profonde. Son pelage ondulait légèrement dans la brise, ajoutant une touche de normalité réconfortante au grand changement qu'ils s'apprêtaient à vivre.

Léo, levant le poing vers le ciel avec une énergie renouvelée, lança avec enthousiasme : "Alors, mettons les voiles ! L'aventure nous attend !"

Alex, le charpentier, se tenait à côté de Léo. Ses yeux, empreints d'une lueur déterminée, scrutaient l'horizon. Les mains encore marquées par le travail, il avait déjà imaginé les défis à venir. Il sentait le poids de la responsabilité, mais aussi l'excitation d'un nouveau défi.

"On a une barque robuste maintenant. On pourrait même envisager de la transformer en un vrai navire si le voyage le demande."

Léo, avec un sourire satisfait, répondit en se tournant vers Alex : "C'est exactement ce que j'avais en tête. Et ensemble, on y arrivera. Ce n'est que le début."

Elena, la médecin, se joignit à eux avec un sac lourdement chargé de provisions médicales. Son visage était marqué par une détermination douce mais ferme. Elle avait vu trop de souffrances pour ne pas vouloir protéger ses compagnons avec tous les moyens possibles.

"J'ai préparé tout le nécessaire pour soigner les petits bobos et les maladies. Nous devons rester en bonne santé pour cette aventure."

Carl, le navigateur, observait les étoiles qui commençaient à se dévoiler dans le ciel nocturne. Son regard, empreint de concentration, traçait les constellations comme des guides bienveillants pour leur voyage. Il savait que chaque étoile serait un repère précieux dans l'immensité de l'océan.

"J'ai vérifié les cartes et les instruments. La nuit est claire et nous aurons un bon guidage des étoiles. Si le vent reste favorable, nous pourrions atteindre notre prochaine destination plus rapidement que prévu."

Le groupe, vibrant d'excitation et de détermination, commença à manœuvrer la barque vers l'horizon. Les vagues se brisaient contre la coque, produisant un bruit apaisant qui contrastait avec le tumulte intérieur de chaque membre de l'équipage. Les étoiles s'allumaient dans le ciel nocturne, guidant leur chemin vers l'inconnu.

Léo, sentant le vent sur son visage, ressentait une mélange d'adrénaline et de sérénité. Le voyage qu'ils avaient commencé n'était que le début d'une aventure bien plus grande. Les vagues semblaient refléter ses pensées tumultueuses mais pleines d'espoir, chaque ondulation une promesse d'avenir.

En regardant l'île s'éloigner, une vague de gratitude envahit Léo. Il pensa à tout ce qu'ils avaient laissé derrière eux, et à ceux qui avaient cru en lui. La mer devant eux était vaste et pleine de promesses, et bien qu'elle puisse être imprévisible, il avait foi en son équipage. Chaque membre avait apporté quelque chose d'unique à ce voyage, et ensemble, ils étaient prêts à affronter toutes les épreuves.

Le chien, assis à l'avant de la barque, observait l'horizon avec une fidélité tranquille. Ses yeux suivaient les étoiles qui émergeaient lentement, et il semblait comprendre la signification de ce nouveau départ. Sa présence réconfortante apportait une certaine normalité à la situation, un rappel que malgré l'incertitude, ils n'étaient pas seuls.

Alors que l'île disparaissait lentement derrière eux, chaque membre de l'équipage ressentait un mélange de nostalgie et d'excitation. L'aventure ne faisait que commencer, et chaque personne était prête à embrasser l'incertitude avec courage et solidarité. Le ciel nocturne, parsemé d'étoiles, se déployait comme un tapis d'opportunités infinies, et devant eux, l'inconnu se déployait, promettant des défis et des découvertes à venir.

CHAPITRE 9 : LA TEMPÊTE IMMINENTE

L'équipage était en pleine mer, le ciel dégagé du matin s'assombrissant rapidement à mesure que les nuages menaçants s'amoncelaient à l'horizon. Une tempête violente se profilait, ses éclairs déchirant le ciel comme des présages inquiétants. La barque, maintenant renforcée, était encore fragile face à la puissance de la mer déchaînée.

Léo, debout à la barre, observa la tempête se rapprocher avec une concentration intense. Son visage était marqué par la détermination, ses mains crispées sur le gouvernail. "Nous devons nous préparer à affronter cette tempête. Chacun de vous a un rôle crucial à jouer pour que nous surmontions cela," cria-t-il, sa voix perçant le hurlement du vent.

Emma, les yeux grands ouverts d'angoisse, fixait la mer avec une peur palpable. Elle se dirigea vers Elena, cherchant réconfort et assurance. "Est-ce qu'on va s'en sortir ? Je n'ai jamais vu une tempête aussi terrible," demanda-t-elle, sa voix tremblante.

Elena, bien que rassurante en apparence, sentait son cœur battre la chamade. Elle répondit avec une détermination calme : "Nous avons survécu à des défis avant. Reste calme et concentre-toi sur ce que nous pouvons contrôler. Je suis ici pour veiller sur vous."

Milo, les cheveux ébouriffés par le vent, était occupé à ajuster les voiles avec une efficacité frénétique. Ses gestes, bien que rapides, trahissaient une certaine nervosité. "Si on réussit à garder le cap et à renforcer la barque, on peut y arriver. Mais il faut travailler ensemble," lança-t-il à l'équipage, sa voix chargée de tension mais empreinte de détermination.

Alex, l'expert charpentier, s'assurait que les réparations nécessaires étaient effectuées avec une concentration intense. La pluie commençait à tomber, rendant le travail encore plus difficile. "Les renforts que nous avons ajoutés devraient aider, mais nous devons renforcer les joints et vérifier les barres de direction," avertit-il, ses mains tremblantes mais résolues.

Le chien, fidèle compagnon, aboya avec une intensité croissante, comme pour avertir de l'urgence de la situation. Il trottait autour des membres de l'équipage, tentant de leur offrir une certaine normalité en ces moments chaotiques. Lorsqu'un gros rouleau se dirigea vers la barque, le chien se réfugia dans un coin sécurisé, son instinct de survie aiguillant ses actions.

Léo, scrutant la tempête qui approchait, sentit une montée d'adrénaline alors qu'il donnait des ordres clairs et précis. "Alex, assure-toi que tout est bien fixé. Milo, redresse les voiles pour tirer le meilleur parti du vent. Emma, Elena, préparez-vous à gérer les blessures et les premiers secours. Nous allons devoir nous battre contre cette tempête comme une équipe unie !"

L'équipage se déploya en réponse à ses instructions, chacun jouant son rôle avec une intensité renouvelée. La tempête se déchaîna, les vagues se brisant contre la barque avec une force monstrueuse. Les éclairs illuminèrent le ciel, révélant des vagues démesurées qui semblaient prêtes à engloutir leur fragile embarcation.

Elena fit face à la situation avec calme, mais son visage trahissait une fatigue croissante. Elle soigna les membres de l'équipage touchés par la tempête tout en essayant de garder son propre stress sous contrôle. Chaque coup de tonnerre résonnait comme un rappel brutal de la dangerosité de leur situation.

Milo, malgré sa nervosité, se battait contre les voiles qui s'agitaient sous la force du vent. Il donnait des ordres à voix haute, essayant de coordonner les efforts de tout le monde. "Accrochez-vous ! Ne lâchez rien ! Nous devons garder le cap !"

Alex continuait à travailler sur les renforcements, ses muscles tendus sous la pression. Il vérifiait les réparations avec minutie, malgré le chaos autour de lui. "Les renforts tiennent ! Mais nous devons continuer à surveiller chaque joint et chaque pièce !"

Léo, au cœur de la tempête, gardait son calme tout en motivant son équipe. Sa voix, claire et déterminée, résonnait à travers le rugissement du vent. "Nous sommes presque à la sortie ! Tenez bon et continuez à travailler ensemble ! Nous avons surmonté des épreuves plus difficiles. Cette tempête ne nous arrêtera pas !"

Le chien, malgré les conditions extrêmes, gardait un regard attentif sur ses compagnons, prêt à réagir à tout moment. Ses aboiements, bien que perdus dans le tumulte, semblaient donner un certain réconfort à l'équipage.

Finalement, après ce qui sembla être une éternité, la tempête commença à se calmer. Le vent se fit moins violent et les vagues diminuèrent en intensité. L'équipage, épuisé mais intact, se regroupa pour évaluer les dégâts et respirer enfin.

Léo, regardant son équipe avec une gratitude immense, dit avec un sourire épuisé mais sincère : "Nous avons traversé cela ensemble. Nous sommes plus forts et plus unis que jamais. Merci à chacun d'entre vous pour votre courage et votre détermination."

Les membres de l'équipage se reposèrent, échangeant des regards de soulagement et de reconnaissance. La mer, apaisée, reflétait maintenant un ciel dégagé, offrant une vue tranquille qui contrastait fortement avec le chaos de précédemment.

CHAPITRE 10 : L'ÎLE DES MYSTÈRES

Le calme après la tempête avait laissé l'équipage épuisé mais plus uni que jamais. Le ciel, d'un bleu limpide parsemé de quelques nuages, contrastait fortement avec la violence des événements récents. La mer, encore légèrement agitée, berçait doucement leur embarcation, comme pour apaiser les cicatrices laissées par les éléments déchaînés.

Léo, debout à la proue, fixait l'horizon. Une masse terrestre se dessinait au loin, émergeant doucement de la brume. Une île, mystérieuse et envoûtante, semblait les appeler, comme une promesse silencieuse de refuge et d'aventure. Son regard, malgré la fatigue, brillait d'une nouvelle détermination. Cette terre inconnue était à la fois une opportunité et un avertissement, et Léo savait qu'ils devaient l'aborder avec prudence.

Emma, les yeux écarquillés, désigna l'île d'un geste excitant. "Regardez ! On dirait que la mer nous conduit vers cette île."

Elena, bien que fatiguée, ressentit un frisson d'excitation en voyant cette terre. "Peut-être y trouverons-nous des ressources et du repos", suggéra-t-elle, rassurée par la survie miraculeuse de tout l'équipage après la tempête.

Le chien, assis près d'Elena, fixa l'île avec une curiosité prudente. Ses instincts lui indiquaient que cette terre recelait des mystères, peut-être des dangers, mais aussi des opportunités.

Carl, concentré sur la navigation, étudia les instruments. "L'île n'est pas sur mes cartes. Elle semble calme, mais ne baissons pas notre garde. Les eaux qui entourent ces terres sont souvent trompeuses."

Alex, silencieux et attentif, vérifiait encore l'état de la coque. La tempête avait laissé des traces, mais grâce au travail acharné de chacun, leur barque tenait toujours bon. "Si nous trouvons du bois sur cette île, on pourrait renforcer la coque et préparer notre embarcation pour d'autres tempêtes."

Léo se redressa, le regard fixe sur l'île qui se rapprochait. "Nous devons y accoster. Prenons le temps de nous reposer et d'explorer les environs. Cette île pourrait cacher des secrets ou des ressources précieuses."

Milo, à l'arrière, rassemblait les cordages avec un sourire en coin. "Je me demande quels mystères cette île renferme. Peut-être des trésors ou des réponses à nos questions..."

"Ou des pièges", ajouta Alex, pragmatique, mais toujours plein de détermination. "Quoi qu'il en soit, nous devons rester unis et vigilants."

Lorsque la barque toucha le rivage, le chien fut le premier à sauter sur le sable fin, reniflant le sol avec prudence. Les arbres massifs de la jungle, aux feuillages épais, cachaient tout ce qui pouvait se trouver à l'intérieur. Une légère brise apportait des senteurs de végétation inconnue, tandis que des sons lointains trahissaient la présence de créatures mystérieuses dans la forêt.

Léo descendit à son tour, ses bottes s'enfonçant légèrement dans le sable chaud. Il inspira profondément, appréciant l'air frais et l'odeur salée de la mer mêlée à celle des plantes tropicales. "Prenons un moment pour récupérer, mais restons en alerte", ordonna-t-il en se tournant vers ses compagnons.

Emma, déjà prête à explorer, ramassa une pierre brillante trouvée sur la plage. "Regardez ça ! Peut-être qu'il y en a d'autres... ou quelque chose de plus grand caché ici."

Léo hocha la tête, son regard se posant sur la jungle dense qui semblait presque les observer. "Il y a quelque chose ici, quelque chose de plus grand que nous", murmura-t-il pour lui-même, songeur.

Elena s'approcha doucement de lui. "Je pense que cette île pourrait nous révéler quelque chose d'important. Mais nous devons avancer prudemment."

Avec cette pensée en tête, l'équipage se prépara à pénétrer dans la jungle. Leur aventure, bien que difficile, venait de prendre une nouvelle tournure. Ensemble, ils savaient qu'ils pouvaient surmonter n'importe quel obstacle.

Et tandis que la végétation dense se refermait derrière eux, l'île mystérieuse semblait prête à révéler ses secrets, des énigmes millénaires enfouies sous ses feuillages sombres. Le chemin vers la vérité serait long, mais Léo et son équipage étaient prêts à l'affronter, convaincus que leur unité et leur détermination les mèneraient jusqu'au bout de cette nouvelle quête.

CHAPITRE 11 : LES ÉPREUVES DU GARDIEN

L'équipe avançait avec prudence à travers l'épaisse végétation de l'île. Le chemin sinueux les mena devant un vieux temple en ruines, au sommet duquel se tenait une figure imposante : le Gardien de l'île, un être ancien et mystérieux qui protégeait un trésor légendaire. La stature du Gardien et ses vêtements décolorés par le temps imposaient le respect et la crainte.

Le Gardien : "Pour obtenir ce que vous cherchez, vous devrez d'abord prouver que vous êtes dignes. Seul un cœur pur peut traverser ces épreuves."

Léo, le leader déterminé, avança d'un pas résolu. "Nous sommes prêts. Nous avons surmonté bien des obstacles. Nous pouvons affronter ceux-ci également."

Le Gardien : "Très bien. La première épreuve est celle du Labyrinthe des Illusions. Seule la clarté d'esprit vous permettra de trouver la sortie."

L'équipe se retrouva face à un labyrinthe complexe, où les murs semblaient changer de place. Milo, enthousiaste malgré la difficulté, scruta les parois avec attention. "Regardez ces motifs ! Ils pourraient nous guider."

Emma, en observant la structure du labyrinthe, s'agenouilla pour examiner une pierre étrange qui semblait porter des inscriptions. "Est-ce que cette pierre pourrait être une clé pour comprendre le labyrinthe ?"

Carl, toujours pragmatique, se pencha sur les symboles. "Ces inscriptions semblent anciennes. Elles pourraient nous indiquer la bonne direction si nous les déchiffrons correctement."

Léo, guidant le groupe avec calme, les mena à travers le labyrinthe en utilisant les indices trouvés par ses compagnons. Le labyrinthe révéla finalement une sortie, conduisant l'équipe à une clairière où se trouvait un ruisseau tumultueux.

Le Gardien : "La seconde épreuve est la Traversée de la Rivière des Échos. Vous devrez traverser sans vous laisser distraire par les illusions sonores."

Alex, en inspectant les alentours, nota les conditions dangereuses de la rivière. "Nous devons construire un pont improvisé avec ce que nous avons sous la main. La rivière est trop dangereuse pour traverser à la nage."

Avec les matériaux disponibles, Alex construisit un pont temporaire, tandis que le chien, attentif, s'assura que le groupe restait en sécurité. En traversant la rivière, l'équipe se concentra pour ignorer les échos trompeurs et se rendit de l'autre côté sans encombre.

Le Gardien les attendait à l'autre rive, l'air impassible. "La dernière épreuve est le Passage des Ombres. Vous devrez affronter vos propres peurs pour avancer."

En entrant dans une caverne sombre, chaque membre de l'équipe fut confronté à des visions de leurs peurs les plus profondes. Elena, avec son calme habituel, aida ses compagnons à se recentrer. "Nous devons nous soutenir mutuellement. Ce ne sont que des illusions."

Léo, fort de sa détermination, guida le groupe avec des mots réconfortants. "Restez ensemble. Nous avons déjà surmonté tant d'épreuves. Cette épreuve ne nous arrêtera pas."

À travers leurs efforts combinés, l'équipe réussit à traverser les ombres et émergea dans une salle illuminée par des gemmes précieuses. Au centre se trouvait un coffre ancien, entouré de trésors et d'artefacts.

Le Gardien : "Vous avez prouvé votre valeur. Le trésor est à vous. Mais rappelez-vous, ce que vous cherchez est souvent ce que vous portez en vous."

Léo, reconnaissant, remercia le Gardien. "Merci pour cette épreuve. Nous avons appris beaucoup sur nous-mêmes."

Avec le trésor en main et les épreuves derrière eux, l'équipe se prépara à quitter l'île. Le Gardien les observa s'éloigner, un sourire discret sur son visage.

L'équipage, désormais renforcé par cette expérience, reprit son voyage avec une nouvelle vigueur. Ils savaient que d'autres défis les attendaient, mais leur unité et leur détermination les avaient rendus plus forts.

CHAPITRE 12 : UNE TRAHISON INATTENDUE

Le calme qui régnait dans le sanctuaire, après la victoire de l'équipage dans les épreuves du Gardien, était trompeur. Léo, Emma, Milo, Alex, Elena et Carl se tenaient autour du trésor légendaire, la lueur dorée se reflétant sur leurs visages fatigués mais satisfaits. Ils avaient surmonté ensemble des défis inimaginables, et ce trésor, plus qu'une simple richesse, représentait l'espoir de la liberté tant convoitée.

Cependant, un sentiment de malaise flottait dans l'air. Dès leur arrivée sur l'île, l'équipage avait remarqué un changement subtil dans le comportement de Carl. Ses yeux, autrefois pleins d'émerveillement et de camaraderie, étaient désormais plus froids et calculateurs. Ses réponses étaient devenues plus évasives, et ses interactions avec le groupe étaient empreintes d'une distance préoccupante.

Milo, encore sous l'adrénaline de leur succès, s'exclama avec enthousiasme : « Nous y sommes arrivés, Léo ! Ce trésor… c'est notre ticket pour la liberté ! »

Emma, observant attentivement, murmura à Elena : « As-tu remarqué comme Carl est distant ces derniers temps ? Il semble… préoccupé par autre chose. »

Elena hocha la tête, la méfiance marquée sur son visage. «
Oui, je l'ai remarqué aussi. Je me demande si tout va bien avec
lui. »

Léo, toujours vigilant, jeta un coup d'œil à Carl, qui semblait
nerveux, presque distrait. Il se souvint des discussions
récentes où Carl avait évité de répondre aux questions sur ses
propres motivations.

Alex, inquiet, se rapprocha de Léo et murmura : « Léo, je ne
sais pas... Carl semble de plus en plus à l'écart. Je me demande
si son comportement est lié à quelque chose de plus sérieux.
»

Léo, scrutant Carl du coin de l'œil, répondit à voix basse : «
J'ai remarqué. Nous devrions rester sur nos gardes. Je crains
que quelque chose ne se trame en coulisses. »

Sans que personne ne le remarque, Carl glissa une main dans
sa poche, en sortant un petit miroir ancien, un artefact subtil
mais significatif qu'il avait trouvé lors de leur exploration.
C'était le signal.

D'un coup, deux hommes surgirent des ombres, des
mercenaires embusqués qui avaient attendu patiemment que
Carl les contacte. Leur attaque fut rapide et précise. Alex eut
juste le temps de s'interposer, mais les mercenaires étaient
déjà sur eux. L'un d'eux asséna un coup à Milo, le désarmant
rapidement, tandis que l'autre se précipita sur Emma, la
forçant à reculer.

« Qu'est-ce que c'est que ça ?! » s'écria Milo en se relevant péniblement, une main sur sa mâchoire.

Léo, plus jeune et moins expérimenté que ses adversaires, tenta de se précipiter pour aider ses amis, mais il fut rapidement plaqué au sol par l'un des mercenaires, impuissant face à la force brute de l'adulte. Il lutta désespérément pour se libérer, mais ses efforts étaient vains.

Elena, choquée par la trahison, cria en direction de Carl : « Comment as-tu pu ? Nous avons partagé tant de choses... Tu étais l'un des nôtres ! Nous avions remarqué ton comportement étrange depuis notre arrivée ! »

Alex, furieux, tenta de s'interposer entre Carl et le trésor, mais le second mercenaire le repoussa violemment, le forçant à reculer. « Carl, tu vas vraiment tout sacrifier pour ça ? Tu es prêt à nous trahir pour un peu d'or ? Nous avons vu les signes, mais nous avons voulu croire le meilleur de toi ! »

Carl, désormais à côté du trésor, sourit amèrement. « Ce n'est pas juste un peu d'or, Alex. C'est le pouvoir, la connaissance... des choses que vous ne pouvez même pas imaginer. Vous ne comprenez pas pourquoi j'ai agi ainsi. »

Elena, déchirée entre sa colère et sa douleur, hurla : « Nous t'avons fait confiance ! Tu te rends compte de ce que tu fais ?

Nous avons tous vu les signes de ta trahison, mais nous espérions que ce n'était qu'une phase ! »

Carl ne répondit pas, ses yeux fixés sur le trésor. Il ramassa un artefact ancien et précieux. « Vous ne pouvez pas m'arrêter. Ces hommes travaillent pour un groupe beaucoup plus grand et plus puissant que vous ne le pensez. Ils m'ont promis une part si je les aidais à trouver ce trésor. »

Léo, encore maintenu au sol, regarda Carl avec une douleur mêlée de colère. « Carl, si tu fais ça, tu ne pourras plus jamais revenir en arrière. »

Carl hésita un instant, mais la lueur de l'appât du gain dans ses yeux l'emporta. « Je n'ai plus besoin de revenir en arrière. »

Et avec ces mots, il s'enfuit, les mercenaires le suivant de près. L'équipage, encore sous le choc de la trahison et de l'attaque soudaine, se retrouva seul dans le sanctuaire, le trésor partiellement dérobé, et leur confiance brisée.

Elena, les larmes aux yeux, murmura : « Comment avons-nous pu être aussi aveugles ? »

Alex serra les poings. « Ce n'est pas terminé. On va le retrouver et récupérer ce qui nous appartient. »

Léo, se relevant difficilement, fixa l'entrée du sanctuaire, désormais vide. « Oui, Alex. Ce n'est pas terminé. Nous allons lui faire payer sa trahison. Ensemble. »

Et avec cette promesse, l'équipage se releva, plus déterminé que jamais à poursuivre leur quête, malgré la trahison qui venait de les frapper en plein cœur.

CHAPITRE 13 : LA TRAQUE ET LA RÉTRIBUTION

Après la trahison de Carl, l'équipage se retrouvait abattu et en colère. Le choc de la trahison laissait place à une résolution farouche : ils ne pouvaient pas laisser Carl et les mercenaires s'échapper avec ce qu'ils avaient durement gagné. Léo, malgré son jeune âge, fit preuve d'une détermination sans faille.

L'équipage se rassembla, chacun cherchant une solution. Le chien, qui avait été aux côtés de Léo tout au long de l'aventure, renifla autour de l'endroit où Carl avait quitté le groupe. Ses oreilles se dressèrent soudainement, et il aboya en direction de la jungle. Léo comprit immédiatement.

"Il a trouvé leur piste," dit-il avec un mélange de surprise et de soulagement. "On peut les rattraper avant qu'ils ne quittent l'île."

Elena hocha la tête, son regard durci par la trahison de Carl, un homme avec qui elle avait partagé tant d'aventures. "Nous devons agir vite. S'ils atteignent leur bateau, ce sera trop tard."

Alex, toujours pragmatique, se tourna vers Milo et Emma. "Nous devons nous équiper de tout ce qu'on a trouvé sur l'île. Des bâtons, des pierres, tout ce qui peut servir d'arme. Ils ont peut-être l'avantage du nombre, mais nous avons la détermination et la connaissance du terrain."

Léo, qui savait que la force brute ne suffirait pas, ajouta : "Nous devons les surprendre. Ils ne s'attendent pas à ce qu'on les poursuive aussi vite. Alex, tu es le plus fort d'entre nous. Si tu peux neutraliser Carl ou l'un des mercenaires, ça nous donnerait une chance."

Alex serra les poings, ressentant la trahison de Carl encore plus profondément à cause de leur lien. "Je m'en occuperai," dit-il, une lueur déterminée dans les yeux. "Mais on ne peut pas sous-estimer ces mercenaires. Ils sont dangereux."

Milo, d'un air sérieux, répliqua : "C'est là que Léo intervient. Tu as toujours un plan, Léo. Qu'est-ce que tu proposes ?"

Léo réfléchit un instant, puis un sourire malicieux apparut sur son visage. "Nous allons utiliser la jungle à notre avantage. Le terrain est accidenté, et il y a un passage étroit plus loin. Si on les force à passer par là, on pourra les piéger."

Le plan de Léo se mit rapidement en place. L'équipage, armé de tout ce qu'ils pouvaient trouver, suivit le chien qui les guida avec précision à travers la jungle dense. Le jeune chien, toujours alerte, les mena droit vers la cachette de Carl et des mercenaires.

Quand ils les repérèrent enfin, les mercenaires étaient en train de charger les trésors sur une petite embarcation. Carl, nerveux, donnait des ordres, mais ses complices semblaient peu impressionnés par son autorité.

Léo fit signe à son équipe de se disperser et de prendre position autour de la clairière. Il attendit le bon moment, puis lança l'assaut.

Le chien bondit en premier, aboyant férocement pour attirer l'attention des mercenaires, tandis qu'Alex chargea l'un d'eux avec toute sa force, le prenant par surprise. Le mercenaire tenta de riposter, mais Alex, plus jeune et plus agile, esquiva ses coups et parvint à le désarmer avant de le mettre hors d'état de nuire.

Pendant ce temps, Léo et Milo s'attaquaient à l'autre mercenaire, utilisant la ruse et leur connaissance du terrain pour le déstabiliser. Elena, bien que médecin, n'hésita pas à s'interposer pour protéger ses compagnons, utilisant sa trousse de secours pour improviser des armes défensives.

Carl, voyant ses alliés tomber un à un, tenta de fuir avec le trésor. Mais Léo, anticipant ce mouvement, lui barra la route. "Tu pensais vraiment que tu pourrais t'en tirer, Carl ?"

Carl, désespéré, tenta de se défendre, mais Léo n'était pas seul. Le chien, fidèle et protecteur, se plaça aux côtés de Léo, grondant. Elena et Alex, ayant maîtrisé les mercenaires, rejoignirent rapidement Léo.

Carl, réalisant qu'il était en infériorité numérique et sans issue, laissa tomber le sac qu'il tenait. "Je ne voulais pas en arriver là... Mais cette île, ce trésor... c'était une opportunité unique."

Alex s'avança, le visage marqué par la colère et la déception. "Tu as trahi notre confiance, Carl. Ce trésor ne vaut pas ce que tu as sacrifié."

Léo, malgré sa colère, se força à garder son calme. "Tu aurais pu faire partie de quelque chose de plus grand, Carl. Mais tu as choisi la cupidité. Maintenant, tu dois en assumer les conséquences."

Elena, avec un dernier regard dur, ajouta : "Nous allons te ramener, et tu répondras de tes actes."

Carl, vaincu et conscient qu'il n'avait plus aucune échappatoire, baissa les yeux. L'équipage, ayant récupéré ce qui leur appartenait, le força à marcher devant eux, le ramenant à leur camp.

Alors qu'ils reprenaient le chemin du retour, Léo réfléchissait déjà à la suite de leur aventure. Cette épreuve les avait endurcis, et malgré la trahison de Carl, elle avait également renforcé les liens qui les unissaient. Ensemble, ils savaient désormais qu'ils pouvaient surmonter n'importe quel obstacle, pour peu qu'ils restent unis.

CHAPITRE 14 : LA FUITE ET LA RÉVÉLATION

Une fois leur confrontation avec Carl et les mercenaires terminée, l'équipage se retrouva dans une situation délicate. Carl, maintenant désarmé et humilié, était devenu un poids pour eux, mais l'urgence était de quitter l'île avant que d'autres mercenaires n'arrivent. Le chien, alerté par les traces laissées par les assaillants, guida le groupe hors de la cachette de Carl.

Léo, épuisé mais résolu, donna les instructions à ses compagnons. "Nous devons partir immédiatement. Si les mercenaires se rendent compte que nous avons repris Carl, ils pourraient nous suivre. Notre priorité est de trouver une autre île où nous pourrons nous reposer et planifier notre prochaine étape."

Emma, les mains encore tremblantes après la confrontation, hocha la tête en signe d'accord. "On doit également récupérer tout ce que Carl a pris avant de le quitter. Mais faisons-le rapidement."

Alex, encore en colère mais concentré, vérifia les cordages et le matériel de la barque. "Je vais m'occuper de la barque pour nous assurer qu'elle est prête pour le départ. Je veux éviter tout autre problème en mer."

Carl, toujours ligoté et avec un regard dédaigneux, fut placé sous la surveillance de Milo. Le chien, toujours fidèle, restait vigilant à chaque mouvement, flairant l'air pour toute menace potentielle. Malgré sa position désavantageuse, Carl continuait de lancer des regards méprisants, cherchant des opportunités de semer la discorde au sein de l'équipage.

En naviguant loin de l'île, ils cherchèrent une destination plus éloignée. Leur barque fendait les vagues avec une détermination renouvelée, et après plusieurs heures en mer, ils aperçurent une nouvelle île au loin. Elle semblait prometteuse, entourée de hautes montagnes et d'une jungle dense.

À leur arrivée, ils découvrirent une île plus grande que celle qu'ils avaient laissée derrière. Les premiers jours furent consacrés à l'exploration du terrain et à la construction d'un camp temporaire. Cependant, leurs espoirs de paix furent rapidement contrariés. Des signes de présence humaine et des traces récentes indiquaient que cette île n'était pas déserte.

Une nuit, alors que l'équipage se reposait dans leur camp, des bruits de mouvements se firent entendre à proximité. Le chien, alerté, aboya bruyamment, attirant l'attention du groupe. Alex, toujours prêt à défendre ses amis, prit son arc et se dirigea vers la source du bruit.

Ils découvrirent bientôt un groupe de mercenaires, visiblement hostiles, qui avaient trouvé leur campement. Carl, malgré sa situation précaire, avait apparemment contacté ses anciens alliés pour obtenir de l'aide. Voyant que la situation tournait à son désavantage, il tenta de semer la panique au sein du groupe. "Vous voyez ? Vous êtes piégés ici ! Ils viendront tous vous chercher, et je serai celui qui les mènera jusqu'à vous !"

Léo, bien que déstabilisé par cette menace, garda son calme. "Nous nous en sortirons, Carl. Tu ne fais que renforcer notre détermination."

Mais au moment où la situation semblait désespérée, un personnage imposant et charismatique fit son apparition. C'était un homme à la stature impressionnante et au regard perçant. Il se présenta comme Jasper, un ancien mercenaire qui avait pris sa retraite dans cette île pour protéger son village natal contre les menaces externes.

Jasper, avec son air calme mais déterminé, intervenait pour repousser les mercenaires. Son expertise et son courage firent rapidement pencher la balance en faveur de l'équipage. Il se battait avec une habileté impressionnante, et son intervention permit à Léo et à ses amis de repousser les intrus et de sécuriser leur position.

Après le combat, Jasper se tourna vers Léo avec respect. "Vous avez montré un courage et une détermination impressionnants. Si j'avais eu quelqu'un comme vous à mes côtés dans mes années de mercenaire, les choses auraient été différentes."

Léo, épuisé mais reconnaissant, répondit : "Nous avons beaucoup à apprendre, mais nous avons survécu grâce à l'aide des personnes comme vous. Nous cherchions simplement un endroit où nous pourrions être en sécurité et nous préparer pour la suite de notre voyage."

Jasper observa l'équipage avec une expression pensive. "Je vois en vous une grande force, mais aussi une grande naïveté. Sur cette île, rien n'est jamais vraiment en sécurité. Vous devez savoir que les mercenaires que vous avez affrontés ne sont qu'une partie des dangers qui vous attendent."

L'équipage écoutait avec attention, sentant la gravité dans les paroles de Jasper. Voyant en Léo un reflet de son jeune moi et impressionné par sa bravoure, Jasper proposa son aide. "Je connais bien cette île et ses environs. Si vous m'aidez à protéger mon village contre les menaces extérieures, je vous fournirai les ressources nécessaires et les informations dont vous avez besoin pour poursuivre votre quête."

L'équipage, soulagé d'avoir trouvé un allié puissant et compétent, accepta l'offre avec gratitude, mais une ombre de doute planait. Jasper était-il vraiment digne de confiance, ou ses intentions cachaient-elles autre chose ?

Jasper les guida jusqu'à son village, où ils commencèrent à renforcer les défenses et à préparer les prochaines étapes de leur aventure. Au fil du temps, Jasper se lia d'amitié avec Léo et son équipage, leur offrant non seulement son soutien mais aussi des conseils précieux. Cependant, une question restait en suspens : étaient-ils vraiment en sécurité, ou la menace rôdait-elle encore, plus proche qu'ils ne le pensaient ?

Le groupe, maintenant renforcé par un allié formidable, se préparait à affronter les défis à venir avec une confiance renouvelée, mais aussi avec une vigilance accrue. Le danger pouvait surgir à tout moment, et Léo le savait mieux que quiconque.

CHAPITRE 15 : VERS L'INCONNU

Le soleil se levait lentement à l'horizon, enveloppant l'île de Jasper d'une lueur dorée. Après plusieurs jours de préparatifs intensifs, l'équipage était enfin prêt à quitter le village. Grâce à l'aide de Jasper et de son peuple, leur barque avait subi des modifications importantes, se transformant peu à peu en un véritable bateau capable de braver les mers plus dangereuses.

Avant leur départ, Léo avait pris une décision importante concernant Carl. Après une longue discussion avec Jasper, ils décidèrent de remettre Carl aux autorités locales du village. Jasper, en tant qu'ancien mercenaire respecté, s'était assuré que Carl soit traité équitablement, mais fermement. Ce dernier, voyant que toute chance de fuite ou de vengeance était désormais impossible, se résigna à son sort. Il fut enfermé, loin de l'équipage, laissant derrière lui toute menace immédiate.

En parallèle des préparatifs, Jasper avait également pris le temps de renforcer les compétences de l'équipage. Pendant plusieurs jours, il les entraîna physiquement et techniquement, leur transmettant ses connaissances en combat rapproché, maniement des armes et stratégie de défense. Le matin, ils s'entraînaient dur, s'exerçant à la course, au tir à l'arc, et aux techniques de survie en milieu hostile. Le soir, autour du feu, Jasper partageait avec eux des récits de ses propres aventures, offrant des leçons sur le leadership et la résilience.

"Rappelez-vous," disait-il souvent, "un bon leader n'est pas celui qui sait tout, mais celui qui sait écouter et s'adapter."

Elena, qui avait jusque-là préféré rester en retrait, participa aussi à ces sessions d'entraînement. Bien que plus discrète que les autres, elle montra une remarquable habileté au tir à l'arc et à l'observation. Jasper, impressionné par ses capacités, lui enseigna des techniques avancées de repérage et de camouflage, faisant d'elle une éclaireuse précieuse pour le groupe.

Pendant ce temps, le village de Jasper, qui avait souffert de plusieurs attaques de mercenaires, entama une reconstruction sous la direction de ses habitants. Léo, Emma, Milo et Alex participèrent activement aux travaux, aidant à ériger des barricades et à renforcer les habitations. La communauté, forte de l'unité retrouvée, se montra résiliente face aux adversités.

Un jour, alors que l'équipage aidait les villageois à fortifier les murailles, un groupe de mercenaires fit une nouvelle tentative pour récupérer Carl. Ils étaient plus nombreux et mieux armés que ceux de l'attaque précédente, mais grâce à l'entraînement de Jasper et à la détermination des villageois, l'assaut fut repoussé. Léo, Alex, et Elena jouèrent un rôle crucial dans la défense, utilisant les nouvelles compétences apprises pour organiser la riposte. Le chien, fidèle et courageux, se montra indispensable en détectant les mouvements ennemis avant même qu'ils ne s'approchent des murs.

Après avoir repoussé l'attaque, Jasper se tourna vers l'équipage, un sourire fier sur le visage. "Vous avez montré un courage remarquable aujourd'hui. Ce village est maintenant en sécurité grâce à vous."

Emma, essuyant la sueur de son front, répondit avec un sourire : "Nous avons appris des meilleurs."

Avec la menace des mercenaires écartée et le village sécurisé, il était temps pour l'équipage de reprendre la mer. Jasper leur donna une carte de l'île et des régions environnantes, où plusieurs îles inexplorées à l'est promettaient des trésors oubliés et des dangers insoupçonnés.

Le matin de leur départ, alors qu'ils se préparaient à monter à bord de leur bateau transformé, Elena prit la parole. "Nous avons affronté tant de dangers pour en arriver là, mais c'est ensemble que nous sommes devenus plus forts. Continuons à avancer avec cette force, quoi qu'il arrive."

Léo, touché par ses mots, répondit : "Nous n'avons pas toutes les réponses, mais nous avons la volonté de continuer, et c'est ce qui compte."

Le vent soufflait doucement, portant le bateau vers l'est, vers des terres inconnues et des défis encore inimaginables. Le navire, désormais plus imposant et mieux équipé, fendait les vagues avec la même détermination que celle qui brillait dans leurs cœurs. Ils se dirigeaient vers l'inconnu, mais cette fois, avec une confiance renouvelée.

Et ainsi, l'équipage quitta l'île, laissant derrière eux un village en paix et des alliés fidèles, mais emportant avec eux les leçons de courage, de coopération et de résilience qu'ils y avaient apprises.

L'aventure ne faisait que commencer, et le vent, toujours en quête de liberté, soufflait sur de nouvelles terres.

"Je tiens à exprimer ma profonde gratitude envers toutes les personnes qui m'ont aidé et soutenu durant tout le processus de création et d'écriture de ce livre.

Un grand merci à mes premiers lecteurs, qui ont su me faire part de leurs ressentis et grâce à qui l'histoire a pu continuer à prendre vie.

Tout simplement, merci."